인내와 노력하면
꿈은 이루어진다

사방천 제3시집

시음사
시사랑 음악사랑

시인의 말

이 세상 모든 출세와 명예
부귀영화는 그냥 오는 것이 아니다
인내와 피나는 노력 없이는 이룰 수 없다.

모든 것이 목적을 향해 가다
중지하면 안 간 것만 못하다
누구나 목표를 세우면 끝까지 가야
성공에 흥망을 얻을 수 있는 것이니
시작을 하면 끝을 보아야 한다.
가다 중지하고 용두사미는 되지 맙시다.
이것이 내가 걸어온 인생철학이니
잊지 말고 참고 견디어 성공을 바람이다

시인 **사방천**

♣ 목차

♣ 목차

♣ 목차

QR 코드

스마트폰으로 QR 코드를 스캔하면
시낭송을 감상할 수 있습니다.

제목 : 청령포

시낭송 : 박순애

제목 : 돌고 도는 세상

시낭송 : 최명자

청령포

세월도 무심하고 권력도 야속하다
철없는 어린 단종 왕관 씌워
뒤주에 가두어 첩첩산중
영월 땅의 귀양살이 웬 말이냐

밤낮으로 흘린 눈물 굽이굽이
돌고 돌아 청령포 흐르는 물은
단종의 원한 서린 눈물이요
불어오는 바람은 노송에 한숨이라
세월은 흘러가도
눈물과 한숨 소리는 영원하리라

어린 임금 흘린 눈물 청령포
비추는 달도 슬픈 듯 물결에
일렁이고 노송은 단종이 없는
빈방을 엎드려 지켜온 수백 년 세월

서글픈 원한의 통곡 소리에
지켜보던 두견이도 슬픈 듯 울어 대고
앞산 절벽에 초목만 연년이 피고 저도
어린 단종 돌아올 줄 모르네.

제목 : 청령포
시낭송 : 박순애

스마트폰으로 QR 코드를 스캔하면
시낭송을 감상할 수 있습니다.

겨울이 오네.

간밤에 하늘에서 내려온 백설이
지나간 추억 그려 만인들에게 알리라고
검은 땅 위에 흰 종이 펼쳐 놓았네

먼동이 터 창을 열고 창밖을 보니
앙상한 나뭇가지 새들 모여
아침 인사를 하며 하루를 시작하니

만추의 곱던 단풍 낙하 되어 통곡하며
구르던 낙엽 흰 이불로 덮어 잠재우니
높은 산 깊은 골 계곡물 소리 슬픈 듯 흐르고

꽃피고 새 울음소리가 메아리치던
산골 마을 푸른 임 오기를 기다리니
임은 아니 오시고 삭풍에 떨고 있는 앙상한
나뭇가지 통곡 소리 겨울은 깊어 간다.

겨울 가면 봄

청잣빛 맑은 하늘
가을을 노래하니
가을바람 오색 단풍
춤을 추고 들판에
오곡 알알이 여물어
추수를 기다린다.

청잣빛 하늘 뭉게구름
두둥실 떠 어디로
흘러가니 강물 따라
너도 흘러 흘러가면
외로이 떨어진 나는
어이 하란 말이냐

흘러가는 뜬구름아
너 떠나고 황금 들판
가을바람 따라가면
찬바람에 백설 내려
봄소식 꽃필 때까지
나 어이 기다리나?

격전의 세월

매봉산 정기 받아 아늑한 마을
부모님의 몸을 빌려 이 세상
탄생하여 만고풍상
겪어 가며 용문산 기슭에
둥지 틀고 지나온 길 다시 돌아본다.

그 많은 역경을 어찌 견디어 왔는지
상상조차 하기 싫은 추억 칠십여 년
세월 속에 압박과 피비린내
나는 격전 속에 산전수전
만고풍상에 시달리다

유년 시절 꿈도 펼쳐 보지 못하고
팔순 고개 오르막길 바라니
동행자 하나둘 간곳없고 그림같이 곱던
얼굴 주름만 늘고 남은 세월 부여잡고
같이 가다 놓치면 다시 못 오는 인생이다

경칩의 봄 오네

경칩이 봄을 안고 와
얼었던 계곡물 풀리니
잠자던 개구리 울음소리에
얼었던 땅에 새싹 돋아나니
양지쪽 노란 개나리
옹기종기 피어나고

아지랑이 아롱대며
양지쪽 진달래 봄바람이
몽글몽글한 꽃망울 간질여
활짝 웃으니 바라보던
할미꽃 아랫마을 바라보다
따스한 봄빛에 잠이 들고
호랑나비 춤추며 달려온다.

봄바람 버들피리 소리
여인들 꽃바구니 끼고
봄 마중 나가니 종달새
우는소리 봄날은 가고
찔레꽃 아카시아꽃 피며
뻐꾹새 소리 화창한 여름
초목이 무성하니 풀벌레
울음소리 향기가 솟아나네.

계절은 돌고 돈다

화마로 지상을 달구어 온 생명이
타 죽어가던 여름도 때가 되니
가을바람에 고개 숙이고
들녘이 익어가는 황금벌판
백과도 알알이 익는 결실의 계절
초목도 울긋불긋 만산홍엽 가을이 왔네.

초목은 색동옷 갈아입고
키다리 코스모스 색색으로 피어
가을 바람에 하늘하늘 유혹하니
고추잠자리 날아와 앉을까 말까
키다리 코스모스 흔들거리며
노을 진 석양은 서산을 넘네.

휘영청 달 밝은 밤 울 밑에
귀뚜라미 울음소리에 소쩍새도 우니
듣고 있던 비둘기 짝 찾는 소리
찬 바람 불어오며 깊어가는 가을밤
겨울이 온다고 알리며 세월은 이렇게
돌고 돌아 어김없이 제철을 찾아온다.

고요한 밤

만사가 고요한
어두움 속에
풀벌레 우는소리
푸른 하늘 반짝이는
별빛이 고요한
밤을 깨우네

먼동이 트니
삶에 하루
시작하며
산새들 우는소리
풀벌레 잠이 들고

돌아가는 시곗바늘
가자고 하니
그 명령 거역할 수 없이
따라가는 삶에 여정

물과 공기는 썩어간다

갈 곳 잃은 청정지역
인간은 자연을 파괴하고
맑은 공기 맑은 물을
마시려고 하지만 그것은
옛말이다, 우리가 편히
살려고 자연을 훼손하고
어디에 가서 청정지역을
찾을 수 있으랴

지금에 와서 맑은 공기
맑은 물을 찾는다고
별의별 기구를 만들어 내지만
손바닥으로 하늘을 가리는 격이다,
이것을 고치려면 다시
초근목피로 연명하던 옛날로
되돌아가야 한다?
이것은 불가능한 일이다

이 지상에는 음과 양이 있다
말로만 하는 현시대 무엇을
가지고 자연으로 회복시키랴
지금 우리가 하는 일은 자연을
더 파괴하면 하지 자연으로
돌아가기는 어려우리다
이대로 가면 지상의 생물은
존재하기 어렵다

부질없는 욕심

세월은 질서를
어기지 않고 갔다,
다시 오건만 인생은
세월 따라가기만 하고
돌아올 줄 모르네.

허공을 떠도는 바람도 가다
때가 되면 철 따라 다시 오듯
인생도 바람같이 돌아오면
좋으련만 가다 돌아올 줄
모르는 미련한 게 인생이라?

우리의 여정 잠깐 와서
산천경개 둘러보며 세상
구경하다 가는 것을 무엇을
그리 탐을 내고 시기하며
많이 가져도 부족하고 모자라는
세상살이 억만년 살 줄 알고
아등바등 모아 본들

갈 적에 다 버리고 빈손으로 가는
인생 여정 과한 욕심부린들
부질없는 세상살이 마음 비우고
양보와 배려하며 구경 다 하고
가는 날 훨훨 털어놓고 울고
웃으며 작별하면 세상 하직인 것을

그곳에도 봄은 왔겠지

세월은 돌고 돌아
엄동설한 지나가고
우수 경첩이 왔는데
남북의 창은 언제 열리나
청춘 시절 떠나와
검은 머리 백발 되어도
가지 못하고 바라만 보는 내 고향

허리 잘라매어놓은 철조망
녹이나 끊어지면 고향 가려나
통일이여 말 좀 하여라.
오늘도 내 고향 바라보며
소리쳐도 소식이 없고 들려오는
강 건너 메아리만 전해오네

봄바람아 전해 다오
내가 살던 고향 소식 너만
오가니 나 살던 곳에 소식이나
전하여다오 그곳에도 봄은 오겠지!

그때 그 시절

입춘이 찾아오니
산허리 안고 도는 태양이
봄을 안고 와 얼은 땅 비집고
파릇파릇 싹 돋아나면
나물 뜯어 연명하던 보릿고개

자고 나면 끼니 걱정
아침이면 된장국에 보리밥
저녁이면 나물 뜯어 된장에
쌀 한 줌 넣고 나물과 국물로
허기진 배 채우던 시절

봄이면 추억이 새삼 느껴진다
그 가난하던 육이오 전쟁에
폐허 되어 봄이면 소나무 껍질과
풀뿌리 무릇과 둥굴레 가마솥에
끓여 배 채우던 그 시절 생각이 나네

젊은이들이여 선인들이
피땀으로 이루어온 그 시절 잊지 마소
지금 우리가 잘 사는 것이 농업에서
공업화로 이루어 놓아 잘 사는데
선인들을 모욕하고 배반합니까.

지금 우리가 편하고 잘 사는 것을
불평하는 사람은 그분들이 이루어
놓은 첨단기술 모든 것을 쓰지 말고
배반하시오, 우리 역사를 보면
조선 시대 왜 일본에 당하고 있다

임시정부 수립하며 피로 물든
육이오 전쟁을 깊이 생각해야 합니다!
젊은이들이여 배부르다고 나대지 말고
정신 좀 차리고 역사를 왜곡되게 하지
말고 세상 똑바로 보고 행동합시다.

글 향기 퍼지네.

하얀 백지에 검은색으로
꾸불꾸불 환을 치는
생면부지 사람들
곳곳에서 모여 희희낙락
웃음꽃 활짝 피우니

삭풍의 찬바람이
온기에 녹아 훈풍이
운운하니 조용하던
홀 안 구석구석 환호 소리
둥근 탁자에 앉은 관중
벌 나비 되어 나비는 너울너울
벌들이 왕성 이는 소리

조용하던 홀 안이
시끌벅적 낭송하며 낭독하고
돌아가며 벌 나비 되어 춤을 추는
시심이 무르익어 가는데
흘러가는 시간이 야속도 하다,

꽃 피고 제비 왔네.

노란 개나리꽃과 산수유꽃 만발하니
잠이 덜 깬 진달래 뾰로통하던 꽃망울
기지개 쓰다 활짝 웃는 연분홍 꽃
봄바람에 나풀나풀 춤을 추니
지나가던 아지랑이 큰소리로 벌 나비
불러 모으니 앞산에 뻐꾸기 즐거워
소리치니 백화가 연이어 피어나는
아름다운 사월에 봄이 왔다

사월의 햇살이 만물을 깨우니
봄바람 소리 없이 지나가고
초목이 무성한 청산이로다.

강남 갔던 제비 돌아와
집 주인에게 인사하고 둥지 틀어
번식하며 먼동이 트면 지지배배
소리 새벽을 알리며 하루를
시작하는 정겨운 농촌 마을에
희망을 전해주는 아침이 돌아왔네.

꽃구경 가자네

춘풍에 달려온
아지랑이
잠자던 꽃망울
흔들어 깨우니
바스스 눈을 뜨며
웃음 진다

창공을 날던
호랑나비
즐거워 춤을 추고
지나간 봄 다시 와
꽃구경 가자고
나를 부르네.

꽃피는 봄은 가네.

화창한 봄이 오니 꽃 피고 새 우는 심산유곡
양지쪽 실개천 버들가지 꺾어 피리 부는
댕기 머리 저 목동 피리 소리 건넛마을 삼순이
삼단 같은 댕기 머리 단장하고 목동의 피리 소리
안절부절못하고 뒷문만 들락날락 봄날은 가네

봄바람의 꽃향기 풍기고 실개천 물소리
달밤의 개구리 우는 소리가 두메산골
세월은 봄을 안고 흘러가며
무더운 여름의 녹음이 우거지며
봄은 가고 녹색 바람에 처녀, 총각
마음 설레는 봄날도 가네.

꽃향기의 추풍낙엽

들국화 향기에 낙엽은 지고
걸어온 길 아득한데
먼 훗날 생각하며 삶에 보따리
걸머지고 무엇을 찾아
세월 따라 어디로 가는 것인가?

세상에 산천경개 구경나와
심산유곡 물소리 자연의 소리
들으며 산전수전 겪어가며
기나긴 인생 여정 구름을 지붕 삼아
이슬을 베개 삼고 바람을 이불 삼아 오다

넘어가는 석양에 걸터앉아 바라보니
국화꽃 향기에 오색단풍 지천에
만개하니 오던 곳 다시 돌아갈 수 없고
가는 세월 벗 삼아 석양 따라
가야 하는 공수래공수거 인생 여정이라

꽃피는 내 고향

저 하늘 저 산 너머
푸른 청솔밭 양지바른
정겨운 내 고향
봄이면 산새들 지적이고
백화가 만발하던 그곳에
지금도 꽃피고 아지랑이
아롱지며 벌 나비 노닐던
동산 지금도 옛날같이
꽃피고 산새 노래하는지

타향에 떠도는 나그네
아지랑이 아롱대는
길목에 서서 그곳을 바라보며
꿈같이 추억에 잠기어
상상하며 못 가는 나그네
뜬구름에 내 마음 실어
봄소식 전하니
지나가는 구름아
내 고향 소식을 들려나 다오

내 나라 내 형제

하늘도 무심하고 땅도 야속하다
외침에 시달리다 해방되어 새 정부
건설하니 내 나라 내 형제가
한나라 허리 잘라 총부리 마주 대고
무엇을 바라고 살생을 하여 가며
칠십여 년이 지나도 화해하지 못하고
살생 무기 만들어 무력하려 하느냐

일제 삼십 년 노예 속에 나라 위해
몸 바친 선인들이 지하에서 분노한다
무엇을 바라고 살생 무기 만들어
배고파 찡그리는 너의 인민들 생각
좀 하여라.

너 하나 헛된 망상의 망발로 세계가
주목하니 헛된 망상 버리고 하루빨리
통일하여 선진국 대열에 발맞추어 굶주려
찡그린 너의 인민들 웃는 얼굴 보려무나.

내 품에 안긴 임

가을 하늘 오곡백과 무르익은
황금 들판의 여물어 가는 열매처럼
기다리는 임은 가을바람 타고
오신다는 약속 잊으셨는지 소식이 없네.

아침이슬 알알이 맺힌 은구슬 옥색
실에 꿰어 향기 풍기는 국화꽃에
달아 놓고 창가에 앉아 커피 향 맡으며
가을바람에 임을 오라고 나뭇잎이
하늘하늘 손짓하니 어느덧
임은 내 품에 살포시 안기고
귀뚜라미 울음소리 가을 노래 부른다

오색단풍잎이 바람에 나는 소리
애처로워 백설이 단풍잎 잠재우고
따듯한 화로에 추수한 감자 고구마
묻어놓고 깊어가는 사랑의 꽃 피우니
사랑도 무르익고 농촌 마을 깊어가는
겨울은 꽃피고 새 우는 봄을 기다린다.

내일을 건설하자

어제 지나간 추억 어둠 속에
묻어놓고 다가오는 내일을 향해
인내와 노력으로 미래를 향해 달려보자
자고 나면 변하는 세대 끊임없는 노력과
활력을 다해 노력하지 않으면 오는 복도
잡을 수가 없다

모든 기회와 성공은 노력하는
자만 얻을 수 있다,
옛말의 잠자는 자는 먹지도 말라는 말이
있듯이 기회를 기다리고 허공에 뜬구름
잡으려고 하면 오던 운도 비켜 가 말년에
닥쳐오는 어려움을 면하기 어려울 것이다

쓸모없는 허욕으로 과식을 하면 토할
것이니 양손에 들은 허욕은 다 내려놓고
무술년에는 각자 마음 비우고 나보다
남을 먼저 생각하는 국민이 되어 적대심을
버리고 고생이 되어도 서로 협조하는
마음을 가지는 노력이 있어야 할 것이다

초목도 겨울에 시들어 봄에 새싹이
돋아나고 인생도 늘 청춘이 아니고
늙으니 노후를 생각하여 힘이 들어도
가정을 이루어 후손을 양성해야
행복을 누릴 수 있으리라

냄새 맡고 모여오네.

넓은 허공에 쉬지 않고 돌아가는
우주에 만물도 따라서 돌고 도네
벽에 걸린 시계야 너는 어찌
너만 홀로 돌아가느냐?

너도 저 우주같이 허공을
도는 것이 힘 안 들이고 좋으련만
요지부동 벽을 업고 힘에 겨워
소리 내며 울지 말고 평온 찾아가렴,

힘에 겨워 울어본들
부질없는 일이로다
늑대들이 먹다 남으니 까마귀 독수리
모여드니 어이 견딜 수 있으라
울지를 말고 새 세상 찾아가렴.

넓은 마음으로 하나 되자

높고 푸른 하늘 밑에
높고 낮은 산 능선 타고
오는 가을바람은 초목을
물들이며 결실을 안겨주니
땀 흘려 노력한 보람이 있네

청아한 가을 하늘은 높고
오곡이 무르익는 가을
오가는 마음도 너그러워 굳었던
마음과 얼굴이 보름달같이 밝은
이웃과 정담에 꽃 활짝 핀다.

청아한 가을과 같이 흑심과 야욕
다 버리고 명랑하고 진실한
마음으로 나보다 남을 먼저 배려하는
아름다운 사회 만들어 남북 통일하여
세계 평화 이룩하여 후손에게 물려주자

늙는 게 아니라 여물어간다

세월은 가도 인생은 늙는 게 아니고
여물어 가며 세상 물질 알 만한데,
기력은 쇠퇴하고 정신마저 희미하여 돌아서면
잊어버리고 이것이 세월 가는 탓인가 보다

그래서 모든 열매도 완숙해지면
자신을 맺어 키워준 자리를 떠나
또 번식하고 그도 여물어 단단한 몸매로
모진 비바람도 꿋꿋이 견디어 나가는데

인간은 기력과 정신이 쇠퇴하니
마음도 허약해지고 옆에 있던 친구는
석양같이 넘어가 되돌아올 줄 모르니
오지 않은 친구 기다리다 소외감만
늘어가니 허무한 게 인생 여정인가 보다

노년 행락

삼복의 더위를 잊으려고
바퀴 달린 상자에 남녀 노인
가득 실려 푸른 물결
넘실거리는 서해에 당도하니
갈매기 날아들며 반가이
식당으로 안내하여 식사하며
정담 나누고 술 한 잔씩 나누고
유람선에 오르려 하니

사람이 마신 술에
유람선이 취하여 흔들거리며
바닷물이 넘실넘실 춤을 추고
푸른 바다 위에 갈매기 노래하며
팔미도로 행하는 유람선 따라오며
즐거운 듯 활개 치며 안내하여

팔미도에 도착하니
초목이 우거진 가파른 오르막길
단숨에 올라가 전망대 당도하니
육이오에 참전한 맥아더 장군의
모습이 담긴 동판을 바라보며
마음으로 숭배하고 전망대 올라서

망망대해 바라보니 울적하던 마음
바닷바람에 실려 보내고
유람선이 돌아서 오던 길 향해 돌아서니
흥에 겨워 배 안이 떠들썩 노래와 춤이
어우러지며 어느덧 목적지 당도하니
석양도 재를 넘고 아쉬운 마음으로
작별을 고하네.

노력 없는 대가는 없다

우리 모두 오늘만 생각 말고
내일을 보고 살아가자
옛말의 화무십일홍이라
열흘 붉은 꽃이 없고
달도 차면 기운다는
말같이 청춘이 늙지 않은
법이 없습니다.

그리고 봄에 밭에 씨앗을
심지 않으면 가을에 거둘
것이 없다는 말이 있지요
그러니 젊어 고생이 되어도
자손을 낳아 길러야
노후에 행복이 옵니다

지금 젊은이들은 오늘만
생각하고 결혼 안 하고
결혼해도 자식을 많이 안 낳으면
황혼이 되면 노후 외로움이 올 겁니다
현세대는 오직 금전만능 주의
돈이면 다 해결된다는 이기주의 생각
금전만능 주의는 일시적인 생각

나만 편하면 된다는 생각
돈이란 있다가도 없는 것이고
자식이 많으면 그 자식이 뒤를
이어가고 노년에 기둥이 된다.
이 세상 모든 것은 노력 없이
이루어지는 것은 없다,
그것이 노력의 대가니라

다산 정

청잣빛 하늘 흰 구름 떠가고
아늑한 산기슭 병풍같이 둘러 있고
나는 새 내려앉은 새 날개와 같이
아름다운 한옥 다산선생의 역사가
숨 쉬는 듯 풍기는 유적지

한강 물은 다산 정을 품에
안고 유유히 흘러가는 가을
대한문인협회 시인님들 모여
구구절절 흘러나오는 시낭송 소리
다산정 앞들 노란 국화꽃 향기가
애환이 담긴 다산선생 역사의 고장

다산 정 품에 안고 백옥 같은 한강
물은 청잣빛 하늘을 벗 삼아 흐르니
노을 진 석양도 말없이 내일을
약속한 듯 서산을 넘어 미래의 꿈속을
찾아들며 구슬픈 달빛만이 아른거린다.

단풍

만산홍엽이 각자의
색동옷 자랑하다
웃음이 넘쳐 웃다가
땅에 떨어져 슬픔을 토해내니
바라보던 새들이 자랑 끝에
떨어졌다고 새들도 웃어댄다.

백과 무르익는 소리가 들리고
기승을 부리던 불볕더위도
때가 되니 고개 숙이는데
잘못을 모르고 날뛰는 자들은
무엇을 바라고 날뛰는지
참으로 암담(暗澹)하다

곡식도 잘 익으면 고개 숙이고
세월도 때가 되면 물러서
겨울도 봄이 오면 녹아
새싹이 돋아나는 봄같이
만인의 인정받은 일꾼이
되어 방방곡곡 꽃을 피우세

대를 위해 소가 양보하라

청산에 봄바람이 하늘하늘 춤을 추니
뽀로통하던 진달래 봉우리 하늘대는
봄바람에 참다못하여 활짝 웃으니
바라보던 해님도 따라 웃으며
바라보던 아지랑이 아롱아롱 손짓하고
뻐꾹새 우는소리 농부들 논밭에 씨앗 뿌려
내일을 준비하니 어느덧 파릇파릇 솟아나네.

가난한 국민을 위해 피땀을 흘리는데
나라님들 목 밑에 쉬스는 것은 모르고
손톱 밑에 가시 드는 것만 생각하니
참으로 안타까운 일이로다,
전쟁이 무엇인지 생각 좀 해 보셨나.

전쟁이란 지고 이겨도 서로가 피해자가
되는 것이다
우물에 가서 숭늉 달라고 하지 말고 나라를
위하여 선을 위하여 정한 일꾼이 되려면
가려가며 일을 합시다.
열 마리 양보다 한 마리 양이 더
중한 것을 생각하십시오.

자기의 권력을 위해 선을 학살과 모독하지 말고

공중으로 쇠뭉치를 던지려고 호시탐탐 노리는 것은

두렵지 않고 눈에 보이는 권력만 생각 말고

일꾼 노릇을 하려면 국민을 먼저 생각하고

서로가 힘을 합하여 살기 좋은 지상낙원 이루어 갑시다

더불어 아리랑

오천 년 갈고닦은 동방의 나라
하느님이 보우하사 기적 이루니
오대양 육대주가 우러러보며
만국이 모여드는 축복에 나라

아리랑 아라 리요
아리랑 고개 넘어 행복이 넘치는
동방의 나라로 가다가 힘이 들면
쉬어가더라도 더불어 손잡고
아리랑 고개 넘어가 보자

많은 역경 속에 피어난 환생의
나라 암흑 속에 먼동이 터
서광이 비치니 온 누리에 전해지는
환성 소리에 만국이 모여드는
신선의 나라 아리랑 아라 리요

아리랑 고개 넘어 행복이 넘치는
동방의 나라로 가다가 힘이 들면
쉬어가더라도 더불어 손잡고
아리랑 고개 넘어가 보자

동해의 푸른 물은 남해로 흐르며
설악산 상상봉에 무궁화꽃 만발하니
서해가 넘실넘실 춤추며 노래하는
행복이 넘치는 동방에 나라
아리랑 아라 리요

아리랑 고개 넘어 행복이 넘치는
동방의 나라로 가다가 힘이 들면
쉬어가더라도 더불어 손잡고
아리랑 고개 넘어가 보자

대망의 아침

저 어두운 터널을 뚫고 새해를 알리는
닭 울음소리에 세상을 불안으로 몰고
가던 병신년도 지나가고 천지를 밝히는
정유년 새해가 밝았다

암흑 속에 허덕이던 대한민국의 폭풍이
먹장구름 걷어내고 광명 천지에 다가오는
대망의 기회를 놓치지 말고 장 닭의 울음소리
같이 힘을 모아 희망찬 설계를 하여 갑시다

오늘이 있어 내일이 있고
오늘이 없으면 내일도 없다
아무리 권력과 금전도 필요하지만
이기심과 허욕을 버리고 남을
먼저 생각하고 모두의 마음 열고
서로서로 사랑하며 대망을
위해 작은 이익을 양보하는
명랑한 복지국가 만들어 갑시다

나라 위해 몸 바친 선인들과
우리를 도와준 나라의 진정한 마음의
보답이라도 하는 선진국이 되어 세계가
우러러보는 선진국 만들어 후손들에게
평화로운 국가를 만들어 세계 속의
존경받은 선진국 국민이 되어 갑시다

돌아가는 세월

푸른 초목 무더운 열기 뿜어대며
기승을 부리던 여름도 때가 되니
순풍을 안고 오는 가을바람에
알알이 익어 가는 오곡백과 각자의
맵시를 자랑하니 바라보던 나뭇잎도
화가 난 듯 울긋불긋 물들으니

겨울바람 달려들어 칼바람 모질게
몰아치니 나뭇잎 떨어지고
앙상한 나뭇가지 흐느껴 통곡하니
떨어진 낙엽 몰아치는 칼바람의
소리치며 구르는 소리 산새도 울어대고
철없는 다람쥐 낙엽 따라 경주하고

가는 세월 안쓰러워 슬피 울던 매미 소리
아니 들리고 울 밑에 귀뚜라미 우는소리
만추도 지나가고 엄동설한 눈보라 몰아치니
산천 계곡 흐르는 물소리 애석하게 들리며
문풍지 우는소리 새해의 봄소식 기다리는
산골 마을 또 한 해가 저물어가네

동방의 나라

아리랑- 아리랑- 아라 리가-났네
아리랑고개 너머 달려가 보세
오천 년 갈고닦은 기구한 운명
동방의 나라 하느님이 보우하여
기적 울리니 오대양 육대주가
우러러보며 만국이 축복하는
희망의 나라로 손에 손잡고
아리랑 고개 너머 희망찬 나라로 달려가자

아리랑-아리랑-아라 리가-났네
아리랑고개 너머 달려가 보자
압박 속을 헤치고 환생한 나라
어둠 속의 먼동이 터 서광이 비치니
들려오는 환성 소리 만국이 모여드는
신선한 동방에 나라 백의민족
인심 좋고 예의 바른 신선의 나라로
아리랑 고개 너머 희망찬 나라로 달려가 보자

아리랑 -아리랑- 아라 리가 -났네
아리랑고개 너머 달려가 보세
인심 좋고 예의 바른 동방의 나라
동해의 푸른 물은 남해로 흐르고
설악산 상상봉에 무궁화 꽃피니
서해가 넘실넘실 춤을 추며
새들이 노래하는 동방의 나라
아리랑 고개 너머 희망찬 나라로 달려가자

두물머리

푸른 초목이 병풍으로 두른 듯
아름다운 단양 의림지
호수에 샘이 솟는 맑은 물이 흘러
양수 두물머리 와서 북한강물과
서로 만나 손에 손 마주 잡고
오순도순 잘도 흐른다.

호동 설악에 책을 기록한 사람은
김금원이란 여자가
34세의 기록한 책이다
그리하여 의림지 뒤편 높은 산을
여운봉이라 하여 연못 물속에서
샘물이 솟아나 남한강으로
흐르는 물을 여자라 한다.

그래서 북한강은 남자이고
남한강은 여자라 하여
두물머리에 와서 만나 흐른다.
두물머리는 사랑의 꽃이 피는
낭만과 결실의 장소이니라.

둥근 달밤

청명한 가을 달밤
귀뚜리 소리 들리는
풍요로운 농촌 마을 안마당에
멍석 깔고 모깃불 피워놓고 둥근달
바라보며 함박 웃음꽃 피우네.

보름달같이 자손들과 둘러앉아
정담 나누며 오순도순 이야기하며
아름다운 마음 송편에 담아 꼭꼭 눌러
웃음꽃 피우는 정 더도 들도 말고
한가위같이 행복의 꽃 피워 가자

휘영청 둥근달아
작별한지 칠십 년간 우리 형제
그곳에도 명절 식구들 모여
송편 만들며 즐거운 한가위
명절 이야기꽃 피우는지 남북을
오가는 저 기럭아 그리워하는
이네 사연 전하여다오

등나무

넓고 푸른 벌판 바람에
너울대는 나뭇잎
가는 세월 쉬어가라고
너울너울 손짓하니
등나무 푸른 가지 보랏빛
꽃잎 쉬어갈 임 기다려도
따라가는 세월 쉬어 갈 줄 모르네.

반겨줄 임은 아니 오시고
등나무 그늘 지나가는 바람에
꽃향기 마음을 파고들어 비몽사몽간
정신을 가다듬어 살펴보니 꽃을 찾은
벌 나비춤을 추고 꾀꼬리 노랫소리
세월 따라가는 인생 여정

등나무 그늘에 들려오는
꾀꼬리 소리가 메아리치니
등나무 하는 말이 인생도 세월
따라가야 하니 덧없는
세월 한을 말고 열심히
노력하며 세상 구경하며
과한 욕심 버리고 흘러가는
물과 바람같이 살다 가라 하네.

만나고 헤어진다.

겨우내 잉태하여
새싹 돋다 잎 피우며
애지중지 길러 오색 옷으로
몸단장 시켜 놓으니 추풍에
바람나 뿔뿔이 흩어져 가고
내 마음만 외로움이 가득하다.

가냘프고 앙상한 몸
삭풍이 몰아치니 슬프고 외로워
소리 내어 울면서 떠나간 잎
돌아올까 기다리는 모습 안타까워
바라보던 하늘에서 하얀 이불로
감싸주며 춘삼월 봄을 기다리라 하네

아마도 지상의 모든 생물은 만나면
헤어지는 것이 지상낙원에 현상이니
서로의 만남을 소중히 알고
서로 협심하여 진정한 마음과 사랑의
정으로 양보하며 행복하게 살아갑시다.

만추 예찬

겨우내 얼었던 몸 봄볕에 녹아
봄바람 살랑대며 노래하니
잎 피고 혈기왕성하여 정열을 불태우며
너 없이는 못 산다고 일시도 안 떨어지며
밤낮을 품고 살다 사랑이 열매 맺어 놓고
태평가를 부르며 초록 옷 벗어놓고
색동옷 입으니 만산이 즐거워 웃음꽃 피고
오가는 새들 모여들고 추풍이 흥에 겨워
춤을 추니 가을도 머뭇거리네.

만추에 취하여 콧노래 부르니
두둥실 떠가는 뭉게구름 달님과 손잡고
정답게 춤을 추니 바라보던 삭풍이 몰아쳐
흥에 겨워 놀던 만추 떨어져 날며
통곡하고 벌거숭이 애절하게 작별하니
귀뚜라미 울음소리 가을은 가네

겨울은 찾아와 초가삼간 문풍지
울음소리 가난한 이 마음 찬 이슬만 내리고
추야장 긴긴밤이 닭 울음소리에 떠나간
임 소식 새들이 전해주니 머리에 꽃 꽂고
기다리던 임 다시 온다 하네.

만추의 용문사

청명한 가을바람에
오색단풍 손짓하여 바람 따라
굽이굽이 돌아 용문사 입구
들어서니 산마다 오색 단풍의
석양마저 붉게 물들어 각색의
나뭇잎 너울너울 춤을 춘다.

추풍에 낙엽 나르고
지천에 떨어진 낙엽 구르는 소리
식당 의자에 앉아 산채 밥 먹고
산사에 오르니 계곡물 소리가
유난히 마음을 사로잡으며
삼수갑산 수목같이 살다 가라 하네

용문사 은행나무 앞에 당도하니
푸르던 잎 노란 단풍으로 물들어
어둡던 절 앞이 광명이 비친 듯
산허리 붉게 타오르는 만산홍엽
바람에 춤을 추고 산마루 걸터앉은
석양도 붉게 물들어 넘으려 하네

매미 소리 가는 세월

이글거리는 불볕더위에 무성한
녹색 벌판에 알알이 익어 가는 열매
숲속에 불어오는 바람도 식어가니
가을을 알리는 매미 소리
가는 세월이 구성지게 들려오고

유구한 세월 속에
잠깐 들러가는 여름철 슬픈 듯
울어대는 매미 소리에 초목도
고개 숙여 울음소리 슬퍼하며
색동옷 갈아입을 준비하니
울 밑에 봉선화 여인들 손톱에
물들이고 귀뚜라미 우는소리

가을바람 하늘대며 웃음꽃 피우니
종달새 지저귀는 깊은 계곡물소리
농부들의 몸놀림이 분주한데
석양은 재를 넘고 땅거미 드리우니
또 속절없는 하루가 저물어간다.

무임승차

아름다운 낙원이
세상에 있다 하여
이 세상 태어나
차표 없는 인생 열차로
산천경개 둘러보니
세월 따라가야 하는
나그네 인생인데

무엇을 잡으려고 그리도
찾아 헤매나 왔다 갈 땐
다 버리고 빈손으로
가는 타고난 운명인걸!
무정세월 따라가는
허무한 나그네

잡으려 하지 말고
뜬구름을 벗 삼아
바람과 물같이 살지
무엇이 그리 아까워
무거운 짐 지고 왔나
인생은 공수래
공수거인걸.

묻어둔 추억

수십 년 고난의 세월이 쌓이고 쌓여
마음이 바위가 되어 박혀 있는 옛 추억을
칠십 고개 넘어서 창작문학예술인협의회
대한문인협의회 등단하여 망치로 두드려
캐내어 은반에 담아 울퉁불퉁한 마음
넓은 세상에 널어놓고 광명의 빛 발휘하여
만인에게 구경을 시키니 마음이 후련하다,

가슴에 묻어놓은 추억에 비망록
잊히기 전에 갈고닦아 은반에 수놓아
저 석양이 지기 전에 빛과 광풍으로
알리여 온 세상 명승을 떨쳐 나가는
것이 우리 문인들의 꿈이로다.

미래를 꿈꾸자

여름철 더운 바람이 장마와 합세하여
기승을 부리더니 가을바람에 꺾기여
아침저녁으로 서늘한 바람이 옷깃을
여미게 하니 귀뚜라미 슬프게 연주하네.

청잣빛 하늘 뭉게구름 두둥실 떠가고
푸르던 초목도 결실의 계절 다가오니
산천에 오색단풍 지천을 바라보며
낙하 될 생각에 한숨 지네

겨울잠 꿈을 꾸는 초목은 내년
봄을 기다리며 하늘에서 하얀 이불
보내주기를 기다리며 돌아오는
봄소식에 희망을 걸며 뜨거운 열과
지루하던 장마는 작별을 고한다.

미지 산 청정지역

북에는 병풍을 두른 듯
둘러싼 미지 산 골골이
자연이 숨 쉬는 청정지역
백옥같이 흐르는 한강 변
대로 연변에 오색단풍이

그림같이 펼쳐 있는
자연의 맑은 공기와 옥수가
미지 산 골골에서 솟아나고
덤불 속 산새들 지적이고 노을 진
한강 물 반짝이며 송사리 뛰어노는

천혜 자연 양지바른 언덕배기
계곡물 흐르는 연변에 초가삼간
나물 캐어 계곡물에 밥을 짓는
정겨운 초가삼간 그리워라, 청정지역
밤이면 앞마당 모깃불 피워놓고

달님과 별님이 밥상머리 마주 앉은
자연의 고장 미지 산 중턱 꿈속에
그려보는 자연에 살고 파라

바람 같은 인생

두 주먹 움켜쥐고 세상에 왔건만
세월아 왜 그리도 빨리 가려 하느냐.
바쁘거든 이 청춘 두고 너만 가거라.
이 청춘 세상 구경하며 천천히 가리라

푸른 하늘 뭉게구름 떠가는 지상낙원
꽃 같은 동행자와 손에 손잡고
무릉도원 자연의 소리 들어가며
이 세상 만물들과 희희낙락 즐기며
만고강산 유람하며 즐기다 갈 것이다

사계절 이 아름다운 금수강산 즐기다
가도 되련만 무엇이 그리 바쁘다고 달려가나
이왕 왔으니 두루두루 살펴 가며
지상 낙원 이루어지면 구름에 달 가듯
흐르는 물과 바람같이 세월 따라가리다

백운봉

흰옷을 입은 상상봉에
우뚝 솟은 백운봉 홀딱 고개
뒤로하고 비호 고개 등을 타고
삿갓봉에 앉으니 백옥 같은
한강 물은 백용이 흐르는 듯

깊은 계곡 골골에서 옥수가 모여
대천을 향해 흐르고
연변에 버들가지 몰아치는
찬바람에 소리 내어 없이 울어대니
묵묵히 바라보던 갈산이

안쓰러워 같이 울어대는 소리
백운봉 거센 바람 타고 온
입춘 하는 말이 조금만 참으면
꽃피고 잎 피워 목동의 피리 소리
들려주는 봄이 오니 참으라 하네.

백제의 한

칠백 년 이어오던 백제의 역사
말굽에 짓밟히어 쓰라린 역사
백화정에 걸린 달그림자
낙화암 바라보며 한숨을 지니
백마강 푸른 물결 통곡하며 흐르고

백제 궁궐 쓰러지며
굽이쳐 흐르는 낙화암 푸른 물에
삼천궁녀 몸 던져 애달픈 사연
백화정 걸린 달빛만이 슬픈 듯
백마강 바라보네.

삼천궁녀 애절한 울음소리
낙화암 한숨 지니 지나가던
길손도 발걸음 멈추고
삼천궁녀 탄식 소리 한숨 지니
바라보던 두견새 슬픈 듯 울어 대네

번영과 정으로 살자

가난에 시절이든 보릿고개
초근목피로 가난은 하였지만
정이 많고 다정하였는데
공업화로 의식주가 해결되고
교육화되니 정은 간곳없고
이기심만 늘어가고 금전
만능주의로 나만이 생각하는
인간으로 머리가 석두로 만든다.

일시적으로 오늘만 바라보고
편이 살려고 결혼하지 않으려는
현세대 하루살이 인생 안일한
생각 희망이 없이 살려고 하니
현세대 젊은이들 앞날이 난감하다
사람이라면 가슴에 손을 얹고 깊이
생각을 하여 반성을 해보고 마음을
활짝 열어 내일을 생각합시다.

고생되더라도 노후를 생각해
열심히 노력하여 번성하는 사회를
만들어 행복과 희망이 넘치는 가정을
이루어 번성하여 세계의 강대국
대한민국 만들어 자손만대 번성합시다.

병신년도 저물어간다

찬 바람이 몰아쳐 곱던 단풍잎
떨어져 구르는 소리에
귀뚜라미 슬피 울어도 못 들은 척
세월은 말없이 지나가고

황금 들녘 바라보던 허수아비
힘없이 검은 들만 바라보니
간밤에 내린 서리에 옹크리고
초라하게 먼 산만 바라보네.

세찬 바람 소리 내어 지나가며
겨울이 온다고 알리니 초가집 문풍지
우는소리에 가난에 지친 서민의 한숨
소리에 세월도 애처로워
한숨 지며 내일을 기약하네.

보릿고개

기나긴 여름 나물 캐다
저녁에는 나물죽으로 허기진 배 채워가며
연명하고 푸른 보리 통통히 여물면 베어다
막대기로 털어 가마솥에 볶아서 절구나
디딜방아에 찧어 아침에 보리밥
보릿겨에 강낭콩 넣은 보리 개떡 꿀맛 같던
배고프던 절망의 보릿고개 그 시절

아침밥 먹고 지게뿔에 보리밥 싸서 매달고
땔나무하러 산 고당이(산에 올라가면) 오르면
불어오는 바람이 이마에 흐르는 가난의 찌든
땀 지천에 풍겨주니 먼 산에 아지랑이도
슬픈 미소 지으며 아롱거리네.

있는 힘 다하여 땔나무 짊어놓고 계곡 연변
그늘에 앉아 감지덕지 허기를 면하고 나니
가난의 찌든 땀 산바람이 씻어주어
나뭇짐 짊어지고 비탈길 돌아서니 허기가
찾아와 계곡에 엎드려 물로 배 채우고 발걸음
내디디니 뱃속에서 물소리 출렁대고

서산마루 석양도 기울어져 있는 힘 다하여
사립문 앞 당도하니 나물죽 끓는 냄새가
허기를 달래어 주네

봄날은 간다.

땅속에 뿌리박고 알몸으로
거센 강풍에 시달리다,
벌거벗은 알몸에 꽃피우니
봄바람이 애무하며 벌 나비
꽃잎에 입 맞추고 꽃향기에
취하여 춤추고 노래하니

꽃잎은 떨어져 앙상한 가지마다
푸른 입 파릇파릇 돋아나니
목동의 피리 소리의 아지랑이
아롱아롱 종달새 지적이며
시냇물에 송사리 뛰어놀고

버들잎 바람에 하늘 춤을 추니
황금 같은 꾀꼬리 노래하며
버들 숲으로 왕래하니
사공들의 노랫소리 여름이
찾아와 넓은 벌판에 파릇파릇
푸른 잎 돋아나며 봄날은 간다.

봄은 다시 오네

봄바람에 먼동이 터
하루를 시작하니
풀벌레 우는소리
개구리 노래하고
번영을 기원한다.

풀잎에 이슬도
움츠리던 마음 활짝
열고 서로 돕고
의지하며 사랑의
손잡고 희망에
꽃 피워 가자

우리의 소원은
통일세계가
침묵하며 민주 통일을
염원하니 단합하여
남북통일 이룩합시다.

봄이 오니 경제도 살게 하소

봄이 오면 떠나간 꽃님이
다시 오려나 그 기나긴
겨울 추위에 얼마나 떨고
동상에 상처 입지 않나?
주야로 근심하며 기다려도
소식 없어 앞산만 바라보네

동이 터 창을 열고 밖을 보니
전깃줄에 나란히 앉아 지저귀는
제비 봄이 오니 기다리던 꽃님
얼었다 녹은 발간 몽우리
내밀어 윙크하며 인사하니
내 마음 알아주는 꽃님처럼

이기주의로 다쳤던 마음 내려놓고
진실한 마음으로 조금씩 물러서
산천에 풍요롭게 피는 초목같이
각자 맡은 의무 다하여 악화하는
국민 경제 살리어 불평 없고
존경받은 일꾼으로 거듭납시다!
국민 없는 나라 있습니까?

봄이 오니 임 오시려나?

꽃피는 봄바람 불어
봄은 다시 돌아오는데
기다리는 임의 소식도
봄바람에 실려 오려나

오늘도 꽃망울 맞이하며
양지쪽 언덕에 앉아
임이 오실 산비탈 오솔길
바라봐도 임은 아니 오시고
해는 서산을 안고 넘는데

우리임은 언제 오시어
저 해님과 같이 독수공방
홀로 새는 나를 안고
깊은 밤 지새워 보려나.
오지 않은 임 기다리다
땅거미만 찾아드네

불운에 비극

불운에 비극인가
기구한 운명인가
험난하던 그 세월
참변의 육이오
거센 전쟁과 피바람
속에 모질게 살아오신
어머니 허리띠 졸라매고
자식들 끼니 걱정
떠날 날이 없던 보릿고개
그 세월 어찌 견디셨나요?

기구한 운명에 발버둥치며
살아온 나날들 잊지 못할
험난하던 그 세월 기나긴
삼사월 초근목피로
연명하던 격돌의 시절
아침에 보리밥 저녁에
나물죽 배 주리는 자식
죽 한 술 더 먹이려고
냉수로 배 채우시던
불운에 보릿고개
그 세월 어찌 견디셨나요?

사계절

세월의 사계절이 돌고 돌아
봄여름 가을 겨울이 오듯이
청산도 늘 푸르지 않고
단풍 들어 낙엽 지니 겨울이면
나목도 모진 눈보라에 시달린다.

청춘 혈기도 늘 왕성하지 않으니
혈기 왕성할 때 열심히 노력하지
않으면 벌거벗은 나무같이
노년에 고생을 면하기 어려우리라

청춘 시절 허송세월 한눈팔지 말고
내 맡은 일 열심히 노력하여
가족부양하여 가며 한두 푼 모았다
노후 대책 마련하여 부귀영화 누려보세

사랑

아름다운 봄바람에
그림 같은 얼굴 샛별 같은
눈망울 삼단같이 고운 머리
오이씨 같은 버선발로
사뿐사뿐 걸어와 품에
안겨 못난 청춘과 동행하며
기쁠 때나 슬플 때나 위로하며
아껴준 하나뿐인 당신

구진 일마다 않고
이 못난 나를 위해
묵묵히 걸어온 당신
곱고도 고운 얼굴 잔주름이
늘고 검은 머리 백발 되도록
못난 나를 위해 동행하는
당신이 천생연분이로다!

모진 비바람 맞아가며
마다하지 않고 따라온 당신
비단 같이 곱던 손
거칠어진 손마디가 애처로워
맺어 본 순간 아픈 내 마음
진정으로 가는 그날까지
당신을 사랑합니다.

사랑도 꿈이었나?

곱게 핀 꽃송이의 고운임 다가와
품에 안고 깊은 정을 주었건만
아름답던 꽃망울에 상처만 남겨주고
냉정하게 떠나가신 야속한 임이시어
애타게 기다리는 이 마음을 아시는가?
아픈 사연 석양에 실어 임에게 전하니
임에 소식을 저 달님에게 보내 주세요.

사랑의 깊은 정 모두 다 주었는데
냉정하게 떠나가고 오지 않은 임이시어
이 밤도 못 잊어서 잠 못 이루고
꿈속에 그려보는 애절한 마음인데
시간은 돌고 돌다 서 창가에 걸친 달
바라보며 가신 임 기다려도 오지 않은
야속한 임이시어 언제 오시려나.

산정호수

산   산천초목 물들고 가을바람 불어오는
오색단풍 사이로 시골길 따라 오르니
가을바람에 단풍잎 너울너울 춤을 추고

정   정들은 문우님들 손에 손잡고
문학 기행 즐거워하는 모습이
유년 시절 소풍 온 학생들같이 즐거워하며

호   호수 연변 둘레길 걸어가니
노송도 늘어진 가지 너울대며 반가운 듯
맞이하니 문우님들 얼굴의 웃음꽃 활짝 피우고

수   수중에 비춘 그림자 물결에 아롱거리니
수중에 잠긴 단풍잎 깔고 앉아 시 한 수
풍월이나 읊으며 가을바람에 석양이 실려 가
지어 놓고 땅거미 찾아들면
달빛을 등불 삼아 놀다 간들 어떠하랴?

산중 초가집

깊은 산중 초가집 지붕에
소복 입은 노인 처마 끝에
흰 수염 느리고 점잖이 앉아
천하를 바라보며 신선같이 놀다
동산에 잠자던 봄바람이 문안드리니
깜짝 놀라 허둥지둥하며 흘린 눈물
수염으로 흘러내리니 얼어붙은
땅속으로 스며 잠들은 초목 깨우네.

언 땅 비집고 새싹 삐죽삐죽 움이 트고
계곡 옆 버들강아지 생글생글
웃는 소리 잠자던 개구리 노래를 하네.

계곡 흐르는 물속 송사리 떼 노닐며
덤불 속 새들의 노랫소리 생동력이
감도는 깊은 산속 초가집 앞뒤 산
울긋불긋 백화만 발하는 봄소식에
산중 하루가 사계절을 시작한다.

삶의 터전 농촌 마을

춘삼월 호시절의
백화가 만발하니
제비도 찾아와
쌍쌍이 짝을 지어
집 단장하고 지저귀니
조용하던 마을이
생명력이 감도네.

새벽닭 울음소리
빨랫줄에 제비들
모여 아침을 알리니
외양간 어미 소먹이 달라
소리치니 송아지 어미 따라
우는소리 조용하던
농촌에 활기가 넘쳐난다

초가집 굴뚝으로
솟아오르는 연기
풍년을 기약하는
하늘로 날아오르고
어미 닭 병아리 몰고
양지쪽 울 밑에 둥지 틀고
노란 병아리 조잘대며
새해의 풍년을 기약하는
하루가 생동력이 감도네

삼라만상

첩첩산중 청산 계곡물
바위틈으로 흐르는 소리
리듬 맞춰 있는 힘 다하여
한 곡 불어보니 청산에
메아리 소리 돼 돌아오는
산 절로 수절로 하니
그 가운데 내 목소리도
저절로 들려오네!

만고풍상 비바람의 흘러가는
구름같이 풍랑과 세월 속에
인생도 흘러가니 세상살이
돌고 도는 시곗바늘과
바람같이 자연을 벗 삼아
풍류나 즐기다

내 모든 혈기 떨어지면
허욕 접어 청산에 걸어두고
떠나가는 삼라만상 피조물이다
왔으니 돌아가야 하는 자연에
현상 빈손으로 왔다 빈손으로
가는 인생행로라

삶이란 무엇이냐

지상의 생명을 가지고
태어난 모든 생명체는
자유와 주어진 권리가 있다

그리고 서로가 협력하며
사사로운 일은 그만두고
대망의 길을 가는
좋은 생각만 가지고
살아가야 희망과
발전이 이루어진다.

권력과 과한 욕심으로
앞에 보이는 이득만
생각을 하면 국민에게
그 대가를 면하기 어려우니
서로서로 도와가며 잘 사는
마음으로 다 같이 협력하여
대망의 세계로 나 갑시다

농부가 농사를

잘 지으면 풍요롭듯

내 나라 국민을 위한

일꾼이라면 국민을

잘 살게 하여야 존경 받는

지도자가 되는 것

이것이 생명체의 삶이요

행복이라네.

서로 믿는 세상

뿌연 초미세 먼지로 하늘을 가리게
만들어 놓고 미세먼지 먹는
기계를 만들어 걷어 없애려
하면 그 먼지가 없어질쏘냐?
원인을 찾아 고치지 않고 결과만
가지고 따진들 그것이 해결되랴

우리가 만든 잘못을 고치지 않고
자연을 파괴만 하니 그 자연이 온전할까
모두가 조용히 눈을 감고 생각해보세요.
선을 위해 악을 제거하려면 뿌리를
완전히 제거해야지 조금이라도 남으면
그 뿌리가 성장하면 보복이 발생한다.

원인을 찾아 제거하지 못하면
그걸로 인하여 생존이 힘들 것이다
온 국민이 다 알고 있는 것을
말한 사람을 법에다 고발하는 자
잘못을 인정할 줄 모르고 잘한다고
하니 눈 가리고 아옹 하는 격이다

우리 모두 욕심에 불순한 권력

남용하지 말고 진실성을 가지고

좋은 것은 좋게 평가하고

올바른 마음으로 세상을 바로 보는

일군 되어 국민을 속이지 말고 진실과

믿음을 가지고 더불어 살아 갑시다

국민은 바보가 아닙니다!

서민의 통곡

오색 단풍 만추에 춤을 추다
가을바람에 낙화하니
하늘에서 백설로 날으는 낙엽
잠재우니 앙상한 나뭇가지
몰아치는 찬 바람의
소리 내어 슬피 우네

무술년 통곡하니
동장군 화가 나
바라보던 기해년
냉정하게 몰아쳐
갈수록 태산이라
옴츠리고 봄을 기다리네.

기해년 봄바람도
서민의 가슴 타는
애절한 한숨 소리의
냉기만 감도니 서민의 마음
봄인들 알리 있으랴

석양의 노을

황혼길 석양이 찬란히 비치어
어둠을 밝히며 힘차게 달려간다.
천안에 도착하여 저물어 가는
황혼에 청춘 남녀 반가이 손에 손잡고
그리든 회포 풀어가며 즐거워하는
모습이 천진난만한 어린아이와 같이
반기니 바라보던 태양도 웃음 짓네.

유아원생 모양 안내자 뒤 졸졸 따라
식당으로 행진하여 모두 마주 보며
식사 후 관광버스에 올라 목적지로
향하며 서로가 즐거운 정담이 오가는
동안 목적지 당도하여 각자가 카메라의
화폭을 담는 모습 천진난만한 아이들 같다

앙상한 나뭇가지 움트는 소리 봄바람
춤추며 내일을 기약하니 석양도
기울며 모두 복음 자리 찾아가네.

세 미 원

장마철 오물 떠내려 보내듯
모든 흑심 씻어버리고 세미원
개흙 속에 솟아나는 연꽃처럼
밝고 아름다운 연꽃처럼 진실함을
가지고 나보다 남을 먼저 생각하는
국민을 만들어 봅시다.

합류하는 한강 물도 서로가
다른 곳에서 흘러오는
남한강은 북한강 물이 두물머리서
합류하여 큰 강을 이루듯 서로의
좋은 뜻을 생각하는 마음으로
선으로 사랑과 행복을 만들어

명랑한 사회를 이루어 갑시다
서로의 흑심을 가지고 이대로
간다면 후손들에게 종말을 안겨줄
것이니 서로 양보와 배려로 서로
도와가며 합류하는 물같이 이루면

세미원 개흙 속에서 연꽃 피듯
서로 각자의 마음 비우고
남을 먼저 생각하여 아름답고
명랑한 사회를 만들지 않고
이대로 간다면 차후 후손에게
어두운 세상이 불 보듯 뻔하다

세계가 공정하여야 한다.

세계가 서로 협조하며
부족한 것은 채워가며 사는 세상이
이루어져야 정의로운 세상이 된다.
이기심으로 살려 하면 분쟁만 이루어
불신사회가 되어 앙심과 보복으로
이루면 서로가 망하는 것이다

세계의 인종과 언어는 다르지만
삶에 실천은 같은 것이 인생론이다,
세계가 서로 부족한 것은 나누어
활용하며 살아야지 과다한 욕심으로
나만이 살면 된다고 하는 욕심으로
살생 무기나 만들어 위협하면 안 된다,

이러한 마음을 가진 자는 협조할 가치가 없다
국민이 있어야 나라가 있지 국민 없는
나라가 어디 있으며 나라 없는 지도자가
어디 있는가. 고양이 앞에 쥐가 보이면
고양이가 쥐를 그냥 두랴?

국민을 위해 쓰인다면 모든 것을 도와주지만
도와주어야 살생 무기만 만드는 것을 왜
우방국을 배신하고 그를 도와주려 하는지
이제는 도와줄 가치가 없으니 우방국과
합심하여 우리가 바라는 통일을 이루어 갑시다

세상 구경 왔네

지상 낙원이 아름답다고 하여
세상 탄생하여 자연을 벗 삼아
산천경개 둘러보니 바람은
허공으로 지나가고
계곡 따라 흐르는 물은 산천을
안고 휘돌아 바위틈 사이로
흐르고 흘러 넓은 강과 바다로 가고

울퉁불퉁 높고 낮은 산은
초목이 모여 아기자기하게
살아가며 산새들 노랫소리
다람쥐 뛰며 재롱부리는
아름다운 산에는 철 따라
꽃 피워 맺은 열매와 단풍잎마저

가을이면 미련 없이 내어주는
초목같이 마음 비우고
미련 없이 자연을 벗 삼아 노닐다
지상낙원 구경 다 하고
언제고 자연이 오라고 부르면
미련 없이 산으로 돌아가리라

세월도 순서가 있다

지루하던 더위와 장마도
때가 되니 어느덧 수그러지고
처서가 되니 아침저녁으로 찬바람이
몰아오니 세월과 자연의 섭리는
어김없이 순응하고 돌고 돈다

천고마비의 들판에 푸르던 곡식이
황금빛으로 물들이고 푸르던
초목도 오색으로 색동옷 갈아입는
가을이 오는 나무 위에 매미도
서러운 듯 슬피 우니

울 밑에 귀뚜라미 가을 노래 연주하니
하늘을 바라보고 춤을 추던 봉선화
꽃잎 여인네들 손톱에 올라앉아 붉은
피로 물들이며 가을은 무르익어가고
들판에 허수아비 가을바람에 흔들거리며

참새들 황금 들판에 앉아 잔칫상 차려놓고
허수아비 초청하니 허수아비 하는 말이
옛날에는 나를 무서워하더니 나를 수고한다고
초청하니 위아래가 없는 무법천지 신세대 세상
이대로 가면 얻어 한세상이 올까 참으로 궁금하다,

소꿉친구야

실개천 흐르는 언덕
노송 그늘에
소꿉장난하던
그리운 친구야
저 하늘 저 산 넘어
어느 곳에서 한 가정을
이루고 아빠 되어
행복하게 살고 있겠지
동심의 그 시절 더듬어본다,

애절하게 생각나는
그 시절 그리워
추억을 더듬어
실개천 흐르는 언덕
노송 그늘 그리며
나는 엄마하고 아빠 하며
놀던 그 시절 그리워
상상으로 다시 한번
동심의 옛 추억 더듬어본다,

싱그러운 꽃향기

만사형통하는 싱그러운 오월
찔레꽃 아카시아 꽃향기에
초가삼간 울 너머로 고개 내밀며
수줍어 붉거진 덩굴장미 바라보던
하얀 꽃들의 웃음소리에
바람도 웃으며 지나간다.

앞산 비둘기 구구대며 짝 찾는 소리
산비탈 철쭉 꽃 피며 밀 보리 익는
들판 황금 물결 일렁거리고
아지랑이 아롱대며 아양을 떠니
꽃향기 풀 향기가 짙어만 가는데

꽃 피고 새 울고 푸른 보리 익어가면
오신다던 임 소식이 없어 보리밭 오솔길
바라보니 해는 서산마루 넘으려 하고
뒷산에 소쩍새 우는소리에

싱그러운 오월 중반을 넘으려 하며
덩굴 속 산딸기 익은 소리 여름이 오며
싱그러운 오월도 어느덧 저물어 가네

쉬파리 모여든다

저 푸른 바닷물은 세상을 보고
참다못해 물거품을 물고 험난한
바위에 몸 부딪치며 통곡하니 바다 위에
갈매기 험난한 세상 탓하면 무엇 하나
허욕에 눈멀어 날뛰는 것을 어이 하랴

네 아무리 기를 쓰고 남에게 피해를 주며
허겁지겁 살아보아야 백 년 인생
남에게 선을 베풀며 살아가도 모자란 인생
차후 왔다 간 자리에 아름다운 꽃을 피우게
좋은 거름 남기고 가소서

권세와 돈으로 세상을 통째로 삼키려 하면
탈이 나고 차후 남은 것은 악취에 꽃이
피어 세상은 썩어 쉬파리만 왕성하여
선의 꽃은 생존하기 어려우니 하루빨리
마음 비워 악연은 접어두고 분에 맞는
세상을 만들어 차후 아름다운 꽃을 피워가자

아카시아 꽃향기

맑은 하늘의 흰 구름 떠돌고
청산 계곡 연변 찔레꽃
아카시아 꽃향기 너울대는
초목 사이로 퍼져 가고
산새들 지적이며 뻐꾹새 우는소리
산천이 메아리치며 여름이 찾아오네.

삼천리 금수강산 여름이 왔네.
푸른 숲속 풀벌레 소리에
푸른 물결 일렁거리며 자연의
소리에 여름 하늬바람
춤을 추며 생동감이 넘쳐흐른다.

계곡물 흐르는 양지바른 바위틈에
금낭화 녹색 실에 알록달록한 구술
꿰어 목에 걸고 녹색 방석 깔고 앉아
바람과 정겨운 이야기 소리에
송사리 돌 틈으로 오가며 노닐고
산골의 머루 다래 알알이 익은
여름 산새도 깃들어 간다.

양보와 미덕

백화 만개하고
바람이 꽃잎 흔들려 춤을 추는 4월
초목을 흔들려 꽃피고 잎이 피는 계절
실개천 흐르는 물소리는 사랑을 노래하고
아지랑이 아롱거리니 벌 나비 꽃향기
찾아 날아 들고 종달새 짝 찾아
숲속을 왕래하니 봄바람도 즐거운 듯
나뭇가지 너울대며 춤추게 하네.

봄이 가는 세월 아쉬운 듯 한숨 지니
바라보던 여름도 봄이 안쓰러워
여름은 잎 피여 망울망울 맺은 열매
성장시켜 가을의 결실을 약속한다.

봄은 고마워 작별을 고하니
모든 것은 사계절같이 양보하는
미덕을 쌓아 남을 먼저 생각하는
사회가 되어야 하는데
그런 시절이 언제 오려나?

옛 선비의 아낙네

옛날 가난한 선비님들 초라한
초가삼간에 방에 앉아 천장을 보면
하늘이 보이는데 낭군님은 학문에
열중하고 끼니조차 힘이 들어
아낙은 일꾼같이 마을에 힘든 일도
마다하지 않고 낭군님 학업을 위해
집집이 다니며 온갖 힘든 일을 하여
남편의 뒷바라지에 힘을 다한다.

어느 해 낭군님이 과거 보러 가는데
옆집에 선비들은 하인과 나귀 타고 가는데
여비도 없어 생각다 못해 아낙은 자기
머리를 잘라 여비 마련 새털같이 날은
도포 입고 지필묵 챙기어 괴나리봇짐 싸
과거 보러 한양에 보내고 밤마다
냉수에 목욕 재계하고 청한 수
차려놓고 두 손 모아 빌고 빌려보네

밤이면 청룡 꿈을 꾸며 동이 트면
한양 가신 낭군님 오시길 기다리는데
고갯마루에서 왁자지껄 소리가 나
바라보니 관중들 소리에 행렬하여
낭군님 어사화 쓰고 나귀 타고 오시니
마을 사람 모여와 환영하니 어둡던
초가집 마당의 금이 환영
어사 꽃이 활짝 피어 경사가 났네.

옛 추억

새삼 옛 어린 시절
추억에 잠기어 봅니다
가난의 그 시절
동심의 그 시절을
더듬어 갑니다.

하얀 백지를 온
지천에 깔아 놓고
찬 바람 불어오는
겨울 빈곤에 시달리던
그 시절 책보 어깨에
매고 다니던 유년
시절을 되돌아본다.

무명 저고리에 손 넣고
종종걸음으로 가다
논에 짚불에 돌 달구어
조끼 주머니 넣고 추워서
짚불에 솜바지 태워
부모님께 꾸중 들으며

손을 호호 불며

얼음판에 팽이 치고

썰매 타며 뛰어놀던

친구들 지금은 그들도

백발 되어도 추억에

동심 생각이 나겠지

동심의 그 시절 생각해본다

오고 가고

만물이 얼어붙어 갇히었다
춘삼월 봄바람에 백설이 사라지니
조용하던 들판이 왁자지껄하며
들판에 개구리 우는소리에 종달새
지저귀니 초목도 비시시 잠을 깨
어둡던 들판에 파릇파릇 돋아나니
아지랑이 가물가물 봄소식에

계곡 물소리에 바위틈에 초롱꽃 바람에
하늘대니 금낭화 목에 건 춘삼이 봄맞이
나오니 옆에 앉아 바라보던 진달래 웃으며
피어나니 호랑나비 달려와 꽃잎에 입 맞추고
벌들도 즐거운 듯 노래하고 춤을 추고

바람에 실려 온 햇빛 함박웃음에
노란 개나리 옹기종기 모여앉아
살랑살랑 불어오는 봄바람에
나풀나풀 춤을 추니 풀은 들판에
아지랑이 뛰어놀며 봄소식을 전한다.

오면 간다.

먼동이 트는구나!
남한강 푸른 물도
한강을 향해 흘러가고
이내 몸도 흐르고 흘러
청춘을 노래하며 세월
따라가야 하는 인생
그 무엇을 잡으려고
저리도 허덕이며 헤매는가.
왔다 갈 적엔 빈손인 것을

먼동이 트는구나!
남한강 푸른 물은
흐르고 흘러 두물머리
향해가니 기다리는 북한강물
반가워 손짓하며
넘실넘실 춤을 추며 가는데

고행을 벗 삼아 세월 따라
방황하며 황혼길 찾아가는
허무한 인생 오면 꼭 가야
하는 타고난 인생길 우리도
저 강물같이 흘러가 보자

오월의 한숨 소리

만물이 성장하는 5월 가정의 달
심산유곡 물소리 새소리 들리는
유구한 사찰의 염불 소리는
만민을 원망하는 소리요

속세의 함성은 권력을 잡으려고
세상을 울리는 권력의 소리요
서민의 고함은 배고파 울부짖는 함성이요
자연에 흐르는 물소리는 자연을
파괴하여 인간에게 원망 소리요

모두가 자연을 역행하며
일시적으론 좋았지만,
지상의 모든 생명체는 자연이 인간에게
악행을 줄 날이 머지않아 올 것이니
자연의 현상을 회복시키지 않으면
생명체는 존재할 수 없으리라

우리가 일시적으로 편히 살다 보니
인간의 존엄성을 상실한
뿌리가 없는 인간사회로
만들어지며 배신과 불신감이
왕성하여 존속 살인과 부패한
권력과 금전만능 주의로 가고 있다
양심은 저버리고 위장의 탈로
세상이 부패하여 가니 각자의
마음을 안 고치면 멸망의
길로 갈 수밖에 없으리라

왔다 가는 봄

세월이 돌고 돌아 봄이 오니
실개천 흐르는 물소리
버들강아지 복스럽게 피어
웃는 소리에 실개천 송사리 뛰어놀고
능수버들 봄바람에 춤을 추며
바람이 싣고 온 열기 곳곳에
내려놓으니 쑥부쟁이 민들레 파릇파릇
돋아나고 개나리꽃 옹기종기 피어나네

봄바람에 들판 아지랑이
아롱대며 종달새 우는소리 노총각
설레는 마음 달래줄 임은 아니 오고
뻐꾹새만 울어 대니 노총각 한숨 소리
버들잎 사이로 꾀꼬리 날아들고
아지랑이 아롱아롱 백화는 만발한데

임은 아니 오고 뻐꾹새 소리
들판에 누워 버들피리 꺾어 부는
노총각 마음속에 봄날도 간다.

욕심은 화를 부른다.

우리의 삶은 자연같이
분에 맞는 생활하여야지
과한 욕심으로 살면
그 욕심이 화를 부를 것이다

국민을 기만하고 분에 넘치는
삶을 가지고 자기의 위치를 벗어나
행동하면 천박한 인생이 될 것이고
볼품없는 인생관으로 추풍낙엽이 되리라

감투 쓰고 국민을 속여 가며
욕심으로 배 두드리며 혼자만
살려고 권력을 남용하다
수십 년 공들여 쌓아 온 탑이
한순간 무너지고 은팔찌에
공짜 밥 먹는 권력이 그리도 좋은가?

누구를 위한 권력인가 국민 없이
권세 부려 무엇 하려고
우리 모두 진정한 마음 가지고
국민을 위한 일꾼으로 거듭나
서로가 믿는 진정한 일꾼으로
국민이 믿고 따르며 잘 사는 사회를
이루어 후손의 모범이 되기 바란다.

자연을 어기지 말자

우리의 삶은 자연의 술래에
분에 맞는 삶을 살아가야 하는데
분에 넘치는 생활을 하며 살려고
무모한 생각을 버리지 않으면 차후에
개흙 탕 속으로 가야 할 것이다

우주도 돌고 돌다 자연의 법칙을
어기면 화산이 폭발하듯 우리의 가는
순서도 같은 것을 알고 가야지 만인을
속여 가며 가지각색의 재주를 부려
감투나 쓸 못된 생각만 가지고

국민을 기만하고 나대는 악랄한 생각을
버리고 진정한 나라를 위하는 마음으로
국민에게 인정받은 일꾼이 되어야 한다는 생각은
없고 당정 눈에 보이는 권력만 생각하고 국민을
속이는 촛불시위로 미국 소고기 광우병 사건과

세월호 사건을 비화하여 노란 리본 달고
밤낮으로 그들과 같이하여 감투 쓴 일꾼들
그 학생들이 소풍 가다 사고를 당한 것을
나라에 책임을 떠넘겨 혼란을 일으키고
감투 쓰고 나라 위해 일하는 일꾼 감옥에 보내고

다 쓰러진 대한민국을 민주화로 살려준 나라를
배반하며 정도를 지키지 않으며 이기주의로
국민을 배신하는 일꾼은 성공할 수 없으리라

우리들의 명절

깊은 산속에 내리는 하얀 백설은
우리들의 설날에 꼬까옷 입고
즐겁게 뛰고 놀라고 하얀 눈 내려주네

설날 아침 떡국 먹고 어른들에게 세배하라고
정유년 새 아침 장 닭이 날개 치며 깨우니
덤불 속 잠자던 새들도 옹기종기 모여 앉아
올해에는 운수 대통하라고 아침 문안드린다.

잠 깨어 창문 열고 내다보니 나무 위에
까치도 반가운 듯 아침에 인사하며
다사다난 하던 병신년도 닭 울음소리에
혼비백산 줄행랑을 쳐 달아난다.

정유년에는 국민 모두의 새 희망이
온다고 하니 움츠린 가슴과 마음 활짝 열고
활개 치며 소리치는 힘찬 닭의 울음소리
같이 희망찬 정유년에 모든 소원 이루자

웃고 살자

돌고 도는 세상살이 궂은날
지나가면 광명천지 밝아오듯
우리네 인생 삶인 것을 찡그린다,
해결되나 시간이 가면 되는 것
모든 근심 걱정 버리고
우리 모두 웃으며 살아갑시다.

돌고 도는 세상살이
복잡한 마음 비우고
내일을 위해 희망을 갖고
짧은 인생 웃어가며 살아보자
명랑한 내일을 향해 노력하자

환난 없이 결실이 있으랴
이것이 생명의 근원인 것을
마음을 활짝 열고 자연의 만물과
같이 양보와 미덕으로 살다 보면
이것이 지상천국인 것을
무엇을 찾으려고 헤매는가?
모두가 부질없는 삶이로다.

인간과 자연의 섭리

우리가 만들고 무엇을 원망하나
우리는 과학적으로 편히 살려고
인간은 자연을 파괴하고 하니
파괴된 자연인들 견딜쏘냐
우리 인간은 하나만 생각하며
살다 보니 역행이 되돌아온다.

자연은 모든 생명체를 살리려고
공기와 물을 주며 공전하는
그 고마움을 알지 못하고 편히 사는
것만 생각하고 내일 생각은 하지 않고
자연을 무시하고 마구 훼손하는
역행을 해놓고 무엇을 원망하나?

인간이 저지르고 인간이 그 대가를
받는 것을 알지 못하고 서로 잘못만
꼬집는 어리석은 인간 누가 누구를
탓하지 말고 원인과 결과를 찾아야지
그렇지 않으면 멀지 않아 지상에는
생명체가 존재하기 어려울 것이다

우리 인간은 자연을 역행하고 있다
이것이 원상복구는 어려울 것이다
지상에는 음과 양이 있으니 모든
대가가 생명체에 오는 것이다
우주의 모든 생명체는 자연과 공전
하지 않아 멸망의 길로 가고 있다,

인고의 세상

이팔청춘아 네 젊다
유세하지 말라
세월 따라가다 보면
언젠가 너 또한 늙으리라

먼 옛날 우리가 태어날 때
생로병사 짊어지고 와
언젠가는 되돌아가야 하는
운명이니 세상 구경하는
동안 인고의 탓을 말고

사물을 보고 즐기며
세상 다하는 날까지
바람과 물같이 살다
한세상 구경 잘했노라고
웃으며 생로병사 지고
오던 곳으로 가야 하는
주어진 운명인 것을

인생은 나그네

돌고 도는 저 세월에
애정을 주지를 마오.
잠깐 들려 쉬어가는
인생살이 나그넷길
가는 세월 버려두고
사랑하는 동반자와
서로서로 의지하며
진정한 사랑의 정으로
다정하게 살아가련다.

무정한 저 세월
쉬지 않고 따라간들
허무한 황혼 길인데
허겁지겁 가지를 말고
사랑하는 동반자와
서로서로 의지하며
행복하게 살아가다
말없이 떠나가는 허무하고
야속한 인생길은 나그넷길

인생무상

세월은 유수와 같이 흘러
덧없는 인생살이 바람같이
청춘은 세월 따라 어느덧
가버리고 황혼길 들어서니
이마에 연륜만 늘어가고

부질없는 금전에 매달려
아까운 청춘 시절 덧없이
지나가고 지나온 발자취
돌아보니 부질없이 지나갔다

인생은 세상에 태어나 사랑과
미덕으로 살다가도 원통하다
허둥지둥 개미 쳇바퀴
돌듯 돌다 보니 청춘은 간데없다,

덧없는 무정세월은 지나가고
황혼만 바라보고 세월만
따라가는 인생무상
우리가 가야만 하는 주어진
생로병사만 기다린다,

인생 춘몽

지나간 봄 다시 오는데
청춘도 다시 오려나
지구도 돌고 돌다
철 따라 돌아오건만
혈기 왕성하던
청춘 어디로 가서
돌아올 줄 모르나?

뒷동산 할미꽃도 양지쪽에
피어 아랫마을 딸 생각에
꼬부린 허리로 앉아
백발이 되도록 바라보아도
딸 소식은 아니 오고
서산 넘어 해지네

세월은 철 따라
다시 돌아오건만
지나간 청춘은
아니 오고 지정된
곳을 향해가는
허무한 인생 여정
돌아올 줄 모르고
세월 따라가는구나!

자연 같이 살자

자연을 벗 삼아
사는 인생 무엇을 찾으려고
탐을 내고 파괴하는가?
찾을 것도 없고 가질 것도
없는데 우리가 왔으니
보고 즐기다 가면 되는 것을
파괴하고 괴롭히면 자연이
어찌 분노하지 않으랴

세상만사 서로 아끼며
고전하여 살면 되련만
나 편히 살자고 자연을
파괴하면 우리에게
큰 피해가 오는 것을
모르고 세상 탓하며
자연을 파괴하는가.

세월이 가면 파괴 한 대가를
받을 것을 왜 모르는가?
지상에는 음과 양이 있어
하나가 좋으면 하나는
나쁘게 마련이다
이것이 지상의 자연의
법칙이니라.

잠깐 왔다가는 여정

여보시오 번민네들 이내 말 좀 들어보소?
산다는 게 별거 있소 건강하면
제일이지 정신없이 살다 보니
검은 머리 백발 되고 세상사 덧없어라
자고 나니 황혼일세.

이 세상 모든 것은 영원한 내 것도 네 것도
아닌 잠깐 쓰다 이승에서 저승 갈 때
가져갈 수 없는 부귀영화
아귀다툼하다 보니 넘어가는 석양일세.

이 세상 왔다가는 대가로 주머니 없는
옷 한 벌 얻어 입고 사랑하던 가족들과
울고 웃으며 작별하고 대문 밖 나와
저승사자 따라가면 이 세상 하직이라네.

제비가 통일 꽃피우네.

얼었던 얼음 녹으니
검은 땅속 잠자던
초목 봄빛 찾아 돋아나고
울긋불긋 꽃피고
새 우는 심산유곡 물소리
봄을 알리니 앞 뒷산
뻐꾹새 소리에
먼 산 아지랑이 아롱대며
봄소식을 전하네

봄바람 살랑살랑
양지쪽 개나리
옹기종기 피어나고
왕관 쓴 산수유꽃 피니
강남 간 제비 통일 씨앗
물고 와 곳곳에 심으니
통일 꽃 피우는 소리의
방방곡곡 웃음꽃 피우네

진실한 마음

세상 만물 중에 고통 없이 저절로
나온 것이 어디에 있으랴.
원인이 있으니 결과가 있는 것이다
병 주고 약 주지 말고 진실을 가지고
모든 것을 대하면 될 것을 진실은
버리고 안일한 마음으로 부귀영화
누리려 하지 말고 각자의 맡은 의무를
충실히 실천하는 일꾼이 됩시다.

우리 인간이 만들어 놓은 권력과
금전에 현혹되어 나만 생각하지 말고
올바른 마음으로 과한 욕심 없이
진실을 가지고 실천합시다!
음식도 못 먹을 것을 먹거나
과식을 하면 탈이 나는 겁니다.

국민 없는 나라가 어디 있으며
주인 없는 일꾼이 어디 있으랴.
우리 모두 안일한 마음 버리고
진실한 마음으로 각자 의무 다하면
서로 믿은 마음으로 사랑과
믿음으로 지상낙원을 이루어 봅시다!

지상에는 음과 양이 있다

겨울이 가는 길목 바람에
바람 따라오는 미세먼지
우리가 만들어 우리가
먹어야 하는 현실이다,
편히 살려고 자연을
파괴하여 만들어 온
모든 것은 대가를
받은 것 공짜는 없다

우리가 자연을 파괴하는
건 쉬워도 복구하기는
어려울 것이다
일상생활이 좀 불편하게
살아야 하는데 그것은
고치기가 쉽지 않을 것이다

우리는 황금만능시대라
보이는 것만 좋으면 제격이라
허드레물과 일회용품이
환경 오염되어 썩은 물을
걸러 먹으니 그물이 깨끗하지 않다

상한 것이 사람의 몸과 마음이

온전하지 못하니 몸에 병이

들고 마음마저 이기주의로

발전하고 오물이 공기까지

오염하여 미세먼지가 발생한다.

천고마비

하늘은 푸르고 맑은 가을
광야의 신나게 달려가는
먹구렁이는 가다가 쉬는 곳마다
먹고 싸고 하며 오곡이 무르익는
황금벌판을 힘차게 달려간다.
키다리 코스모스 가을바람에
흔들거리며 따스한 태양
품에 안겨 잠결에 흥에 겨워
웃음 지니 볕에 데어 붉은 잠자리
웃는 꽃에 앉을까 말까?

농촌 마을 초가지붕에 보름달 같은
박이 지붕 위에 뒹굴고 하얀 박꽃
별처럼 반짝이고 석양이 기우니
집마다 굴뚝으로 검은 연기
산발하고 하늘로 올라가고

외양간 어미 소여물 달라
소리치니 동네방네 뛰어노는
개구쟁이 해지는 줄 모르는
농촌 마을 생명력이 감도는
아름다운 마을 희망이 넘친다.

천생연분

사랑이 참된 사랑 아 천생연분 내 사랑아
당신과 나의 만남은 우연이 아니었어
이 세상 태어날 때 지상낙원 이루어
행복하게 살라고 하늘에서
맺어준 백년가약 천생연분이었소

사랑이 참된 사랑 아 천생연분 내 사랑아
세월 따라 동행하는 당신의 곱던 얼굴
잔주름이 늘어가도 정겨운 내 사랑
자갈밭 일구어 옥토로 만들며
백발 된 당신이 천생연분이었소

사랑이 참된 사랑 아 천생연분 내 사랑아
당신과 나의 만남은 우연이 아니었어
이 세상 태어날 때 인고의 선한 마음
밝은 세상 살라고 부모님이
맺어준 백년가약 천생연분이었소

천국과 지옥

세상의 모든 것이 잘 이루게
되었으면 하는 기대감에
기해년을 출발 먼동이 트자
창문을 여니 동녘 하늘에
어둡던 산 넘어 해가 뜬다

밝아오는 동녘 하늘이
기해년의 힘찬 모습의
새벽이 열리는 나라
지상낙원 되어 찡그린
국민의 얼굴이 솟아오는
태양같이 밝으리다.

낙원이란 건강하고
일마다 소원이 이루어가며
국민이 서로 믿은 마음이
행복이요 지상 낙원이지
고통으로 사는 것은 지옥이라
이것이 천국이요 낙원이랍니다!

지상에 사는 동안 병원이 지옥이요
근심, 걱정 없이 건강이 낙원입니다
이승에 살다 가는 길은 다 같은데
서로 마음과 의견이 달라 그러니
양보와 사랑으로 조금씩 이해하며
권력과 욕심을 버리고 마음 비우고
양보하면 천국이라

천하지 문명

천하의 문맹 시대에는
진심이 오가더니
문명이 발달하며
진심은 무산되고
거짓이 난무하며
무법천지로 가는구나!

나만 살면 된다는
안일한 생각으로
세상을 살아간다면
서로가 살아가기
어려우리니 깊이
생각하여 반성 좀 합시다!

적대심으로 살아가면
무엇을 얻으려고 하는지
반성하여 대를 위해
소가 희생해야 합니다
우리가 지금 호시절에 호걸
된 것이 거저 된 게 아니다

육이오 전쟁 후 지식은 없어도
초근목피로 보릿고개를 면한 것은
지혜와 진실의 마음으로 서로 믿고
단결하여 오늘에 살기 좋은
문명의 세상 만들어 놓으니
저절로 잘 사는 줄 알고 자기의
잘못을 모르고 날뛰지 말고
반성 좀 합시다

우리의 삶은 하루살이 인생이다
금전과 명예는 임시 잠깐이니
차후에 대가를 생각하여
좌정에 마음을 가집시다.

첫눈이 오면

가을은 가고 첫눈이 내리면
추억의 그 시절 생각에
백지 같은 벌판 위를 걸어 가니
발걸음 소리 들으며
손에 손잡고 거닐던 생각이 나
그곳이 새삼 떠오른다.

하얀 벌판 위에 홀로선 노송
아늑한 공간 낙엽 진 솔잎에 앉아
시린 손 불어 가며
눈 내리는 벌판 바라보고
오순도순 이야기하며 노닐던
그 시절 그대도 그 시절 잊지 않고
추억에 잠겨 생각하는지

새삼 그리워 첫눈이 내리는
날이면 그곳을 바라보며
추억에 잠겨 그때 그 시절
생각하니 그대도 지금쯤
검던 머리 백발이 무성하여
할머니의 모습으로 있는지
첫눈이 내리면 그 시절
생각에 추억을 더듬어 본다.

청춘은 간다.

저 푸른 청솔같이 늘 푸른 줄만 알고
동행하던 청춘 소리 없이 세월 따라 간곳없고
풍류를 벗 삼아 물 흐르는 대로 떠돌다 보니
어느덧 여정의 황혼만이 바라보니 넘어가는
빛바랜 석양과 같이 왕성하던 혈기 간곳없다

만추에 물든 단풍 앙상한 나뭇가지에 걸려 북풍에
시달리며 떨고 있는 처량한 신세 갈 곳도 없고
절친한 벗들도 떠나가고 허전하니 풍류를 벗하며
세월 가는 대로 흘러간들 어떠하랴

이것이 세상살이인 것을 지나온 길 돌아보니
부질없는 후회 지난 세월 생각 말고 석양에 걸쳐
있는 빛바랜 인생 여정 바라보고 달려가는
황혼에 길을 열심히 노력하여 밥숟갈 놓고 자는
듯이 황혼길 마감하면 이것이 천국이요 극락세계다

추동의 계절

만산홍엽의 자연의 향기가
온 세상 풍겨오고 단풍잎이
바람에 지천에 나르니
여름내 보듬어 키우던 벌거숭이
나무는 외로워 앙상한 가지에

찬바람만 몰아오고
의기 당당하던 억새꽃은 날아가니
푸르던 옷 삼베옷으로 갈아입고
청잣빛 하늘에 뭉게구름 떠가니
슬픈 듯 울어대니 가을이 다가오네

농촌 마을 초가지붕에 보름달 같은
박들이 주렁주렁 동네 아이들
뛰어노는 소리 저녁노을 붉어지며
불어오는 찬 바람이 문틈으로
스며드는 겨울이 다가오네

추억은 지표다

어제가 있으니 오늘이 있고
오늘이 있으니 미래를 생각한다.

봄에 씨앗을 땅에 심지 않으면
가을에 거두어들일 것이 없듯

위에서 흐린 물이 아래까지
내려가는데 원인은 접어놓고

결과만 논하면 해결이 되는가.
원인을 제거해야 결과도 해결된다!

악은 악을 만들듯
과거의 모든 일은

차후의 지표(指標)가 되는 것
이것이 살아가는 역사이니라.

추억을 더듬어

산 넘어 고개 아래 그리운 내 고향
어릴 적 뛰어놀던 실개천 언덕배기
돌고 도는 물레방아 지금도 돌아가는지
가을이면 벼 방아 여인네들 머리에
무명수건 쓰고 키질하던 아낙네 지금도
그곳 방아머리 앉아 키질하던 옛 모습

눈에 어리며 돌아가는 물레방아 소리가
아련히 들리는 듯 가는 세월도 무심하게
옛 추억 가물가물 사라져가는 어린 시절
단발머리 코 흘리던 소꿉친구 더벅머리
물장구치며 놀던 그곳이 지금도 변하지
않고 옛 모습 그대로 남아 있는지

소꿉친구야 우리 그곳에 가서
어린 시절로 돌아가 보자 이제는 모두가
백발이 되어 할머니 할아버지가 되어 있겠지
멀어져 가는 어린 시절 그곳을 그려보니
아른거리는 옛 추억도 멀어져 가는구나!

자연 같이

푸르던 청산이 오색으로 물드는
무릉도원 단풍 바람에 하늘하늘
손짓하듯 오라기에 심산유곡
산비탈 오르막길 오르니 물소리
새소리가 쉬어 가라 하네

계곡 연변 그늘진 노송 나를 보고
단봇짐 내려놓고 흐르는 물 음미하고
마음 비우고 자연을 벗 삼아 물소리
새소리 들으며 바람같이 살라 하네

노송은 나를 보고 속세의 모든 인연
저버리고 심산유곡 자연 같이
발길 닿는 대로 바람과 물같이 떠돌며
무릉도원 숲속에 모든 소리 들으라네.

허공을 지나는 바람같이 사는 것이
자연의 공전과 자전의 법칙인 것을
잠깐 쉬어 가는 동안 자연을 파괴
하니 자연이 어찌 분노하지 않으랴.

추풍 화로

추풍 화로 변화 시에 여름도 지나가고
초목 물드는 가을바람 옷깃을 여미게 하고
추수가 되니 농민의 손길이 분주하고
참새들 날아드는 풍요로운 가을
청잣빛 맑은 하늘 고추잠자리 분주하고

꽃피고 잎 피던 초목도 가을이 오니
잎과 열매 내려놓듯
초목같이 모두가 마음 비우고
배려와 양보로 서로서로 돕는
마음을 가지면 어려움도 없이
살기 좋은 사회를 이룰 수 있으리라

오르지 금전에 눈이 어두워
부모가 자식을 죽이고 자식이 부모를
죽이는 것이 바로 인내와 배려가
부족한 탓이고 몸으로 실천하는
능력이 부족하고 힘 안 들이고
일약 천금에 꿈을 꾸다 보니
서로 못 믿고 경계하고 불신하는
무서운 사회 선은 간 곳 없다

타고난 재능을 살려라

학술은 쌍방의견을
주고받은 것이고 전수하는 것이다

많이 배웠다 해도 사용자가
응용하지 못하면 무용지물이다

누구나 타고난 재능 하나는
가지고 있는데 그 재능을 몸에
익히어 활용하면 성공할 수 있다,

모든 재능을 몸에 익히지 않으면
세상 삶에 성공은 불가능하다
머리에만 익혀 가지곤 성공할 수 없다,

많이 배웠다고 배운 대로
다 사용할 수 없다,
세상 삶은 자기 노력과 마음먹기 달렸다.

세상 올 적에 출세와 부귀영화는
타고난 것이니 과한 욕심을 버려라
과한 욕심은 패가망신이다,

돌고 도는 세상

청잣빛 하늘에 새털구름
뭉게뭉게 산 너울 넘어가고
푸른 숲속 산들바람에
뛰어노는 사슴
나를 보고 뛰어놀다 가란다.

나무를 부여잡고 통곡하며
울어대는 매미가 애처로워
달래 주는 국화꽃 바람에
흔들며 세상 살란다.

그렇게 왔다 가는 것이라 하며
석양도 얼굴 붉히며 기울었단다.

계곡의 물소리도 목멘 듯 소리 내어 흐르고
산들바람은 땅거미 오라 소리치면
다람쥐 맑은 물에 세수하고
소쩍새는 하루해가 저물었다 울며
내일에 꿈을 꾸라 한다.

제목 : 돌고 도는 세상
시낭송 : 최명자
스마트폰으로 QR 코드를 스캔하면
시낭송을 감상할 수 있습니다.

126

가을에게 물어보리라

속세를 걸어오며 찌들은 내게도
무심한 가을은 오리라

가을이 오면 나에게 물어보리라
또다시 물어보리라
팔십 고개 올라서 남은 길 다시 물어보리라

속세를 걷던 길 같이 걸어야 하느냐고
가을이 오면 나에게 물어보리라

지나온 저 험난한 길을 어떻게 왔나
황혼의 남은 세월 또 등에 지고
걸어가며 다시 나에게 물어보리라
전생의 무슨 한 그리 많아
고생을 벗 삼아 황혼까지
무거운 짐 지고 가야 하느냐고

인내와 노력하면
꿈은 이루어진다

사방천 제3시집

2019년 10월 25일 초판 1쇄
2019년 10월 30일 발행

지 은 이 : 사방천

펴 낸 이 : 김락호

디자인 편집 : 이은희

기 획 : 시사랑음악사랑

연 락 처 : 1899-1341

홈페이지 주소 : www.poemmusic.net

E-Mail : poemarts@hanmail.net

정가 : 10,000원

ISBN : 979-11-6284-146-4